U0058744
威利在哪裡？這本書屬於：
嘿！威利迷們，這五位勇敢的旅行家出現在每一幅場景裡。你能找到他們嗎？
奧德
白鬍子巫師
溫達
汪汪
威利
在每一幅場景裡，這些旅行家還掉了一些重要的東西，你也能找出它們嗎？
威利的鑰匙
汪汪的骨頭
溫達的照相機
白鬍子巫師的神祕卷軸
奧德的望遠鏡

WHERE'S WALLY NOW?

Copyright © 1987 – 2016 Martin Handford
Traditional Chinese copyright © 2016 by
CommonWealth Education Media and Publishing Co., Ltd.
Published by arrangement with Walker Books Ltd, 87 Vauxhall Walk, London SE11 5HJ
Through Bardon-Chinese Media Agency. All rights reserved.
No part of this book may be reproduced, transmitted, broadcast or stored in an information retrieval system in any form or by any means, graphic, electronic or mechanical, including photocopying, taping and recording, without prior written permission from the publisher.

獻給我的父母

威利在哪裡？
穿越時空之旅

文・圖｜馬丁・韓福特 Martin Handford
譯者｜黃筱茵
責任編輯｜熊君君　協力編輯｜吳映青
美術設計｜蕭雅慧　行銷企劃｜魏君蓉、高嘉吟

天下雜誌創辦人｜殷允芃　董事長兼執行長｜何琦瑜
媒體暨產品事業群
總經理｜游玉雪　副總經理｜林彥傑　總編輯｜林欣靜　副總監｜蔡忠琦　版權主任｜何晨瑋、黃微真

出版者｜親子天下股份有限公司　地址｜台北市 104 建國北路一段 96 號 4 樓
電話｜(02) 2509-2800　傳真｜(02) 2509-2462　網址｜ www.parenting.com.tw
讀者服務專線｜(02) 2662-0332　傳真｜(02) 2662-6048
客服信箱｜ parenting@cw.com.tw　週一～週五：09:00~17:30
法律顧問｜台英國際商務法律事務所・羅明通律師
總經銷｜大和圖書有限公司　電話｜(02) 8990-2588

出版日期｜2014 年 10 月第一版第一次印行
2024 年 7 月第二版第十次印行
定價｜350 元　書號｜BKKTA031P
ISBN ｜978-986-93179-5-5 (平裝)

訂購服務
親子天下 Shopping｜shopping.parenting.com.tw
海外・大量訂購｜parenting@cw.com.tw
書香花園｜台北市建國北路二段 6 巷 11 號
電話｜(02) 2506-1635
劃撥帳號｜50331356 親子天下股份有限公司

立即購買 >
親子天下 Shopping
親子天下 有聲故事書

WHERE'S WALLY?

威利在哪裡？

穿越時空之旅

馬丁·韓福特 著
Martin Handford

黃筱茵 譯

嗨！書蟲們！

歷史故事真是太神奇了！讀這些記載遠古世界的書，就像乘坐一台時光機一樣。你們也來試試看吧！你們得到每一幅場景裡找到我、小狗汪汪（記得喔，你只看得到牠的尾巴而已）、溫達、白鬍子巫師，還有奧德。然後，找出我的鑰匙、汪汪的骨頭（在這個場景中，是最靠近牠尾巴的那根骨頭）、溫達的照相機、白鬍子巫師的神祕卷軸，還有奧德的望遠鏡。

另外，書裡還有二十五個穿著打扮很像我的威利迷，每個人在這趟旅程中都會出現一次，找出他們吧！還有一件事：有一個神祕夥伴，他（她）在每一幅場景裡都有出現喔！你有辦法找到他（她）嗎？

威利

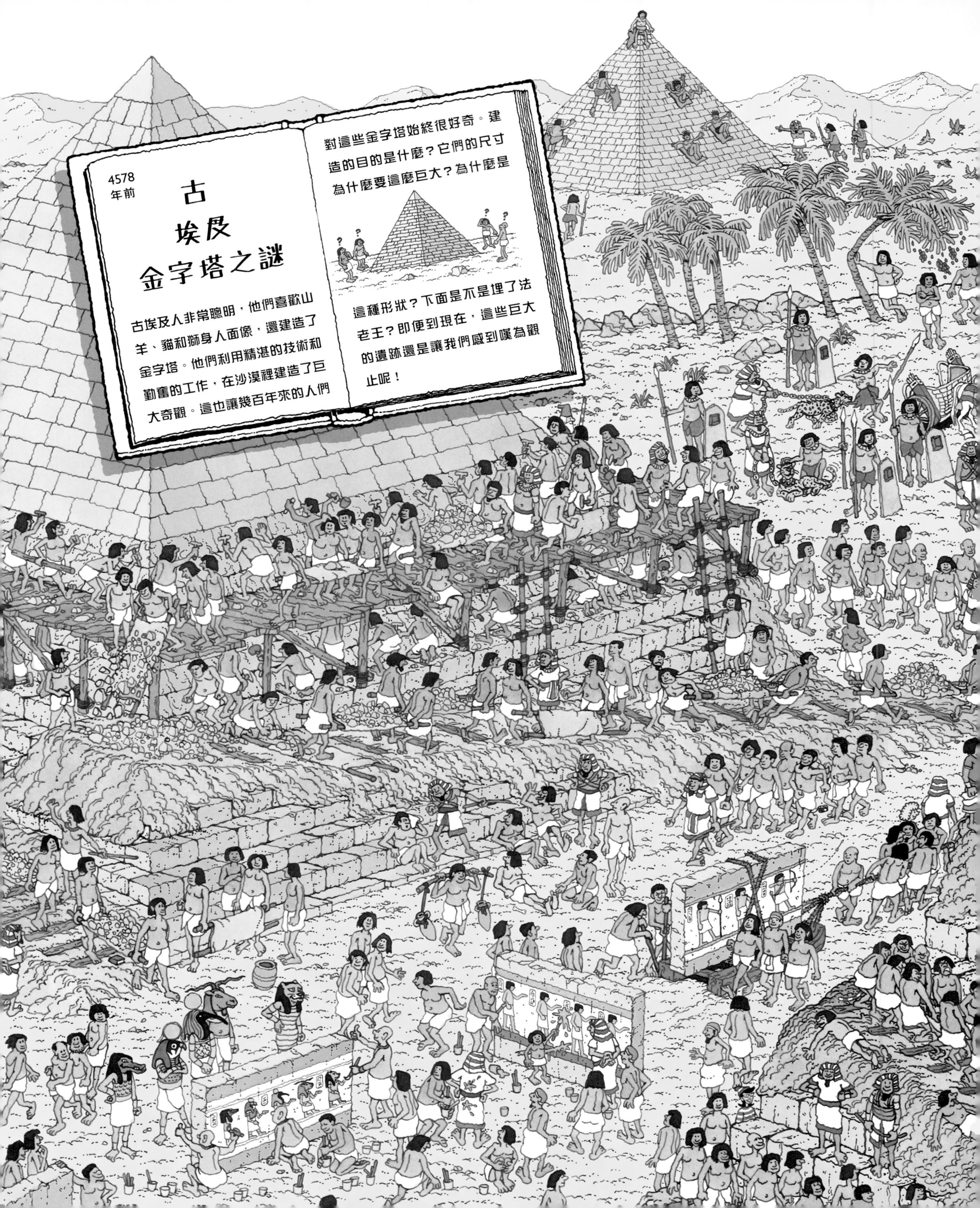

4578
年前

古埃及金字塔之謎

古埃及人非常聰明，他們喜歡山羊、貓和獅身人面像，還建造了金字塔。他們利用精湛的技術和勤奮的工作，在沙漠裡建造了巨大奇觀。這也讓幾百年來的人們對這些金字塔始終很好奇。建造的目的是什麼？它們的尺寸為什麼要這麼巨大？為什麼是這種形狀？下面是不是埋了法老王？即便到現在，這些巨大的遺跡還是讓我們感到嘆為觀止呢！

2000 年前

古羅馬的娛樂和競賽

羅馬人花了很多的時間在打鬥、征戰、學拉丁文和開馬路。他們放假時會在競技場（古代的遊樂場）觀賞競賽。他們最喜愛的競賽項目是搏鬥、戰車比賽，以及拿基督徒去餵獅子。當群眾對搏鬥賽的選手比出拇指向下的手勢，就表示要勝利者殺了對手；如果比出拇指向上的手勢，就表示要饒了對手，改天再來決一死戰。

1003 年前
和維京人出海冒險
維京人在家時很文靜，他們喜歡編織、吃乳酪，還有做一些同樣乏味的事。不過只要一出海，他們就變得十分狂野。他們會戴上最好的牛角帽，航海穿越大洋，一路瘋狂的又歌唱又吼叫。如果聽見他們的聲音，最好趕快逃得遠遠的，因為一旦等他們上岸、拿出斧頭，可就擋也擋不住了。

800 年前

城堡大混戰

歐洲有很多的城堡，住在裡面的人可以欣賞鄉村的美麗景色。不過，他們也會見到敵人包圍城堡的景象。幸運的是，一旦這些前來侵犯的敵人沒有乾淨的衣服可穿之後，他們通常就回家了。後來還出現很多關於騎士的故事，他們講述自己攻擊許多壯觀城堡的經驗，以及抓到的許多了不起的人。騎士們都會納悶，為什麼從來就沒有人邀請他們參加舞會呢！

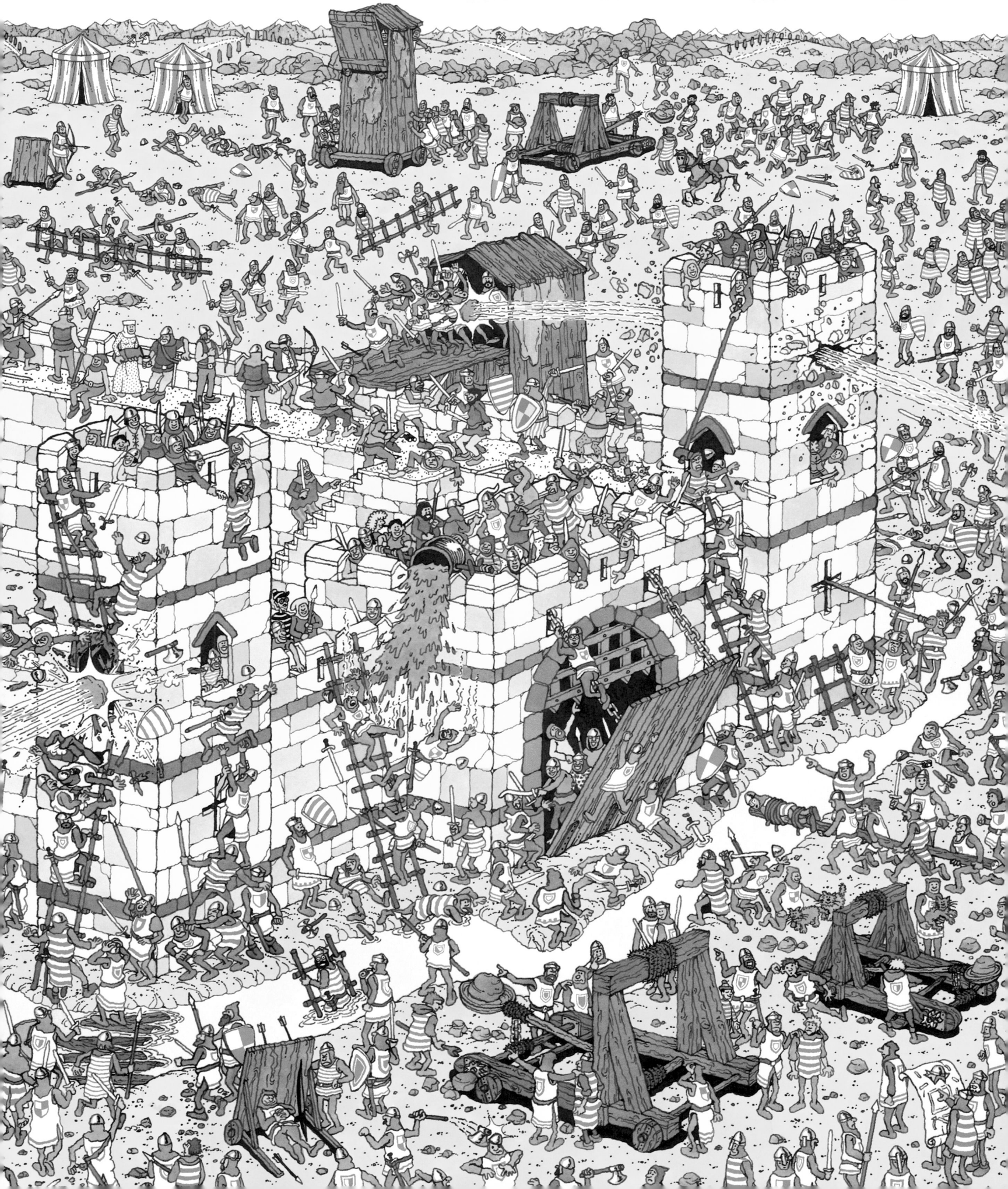

600 年前

很久很久以前
一個星期六的早上

中世紀的人生活得無憂無慮，尤其是星期六。男士們流行穿著短衫和條紋緊身褲，每個人都很會講笑話。到處都是雜耍、比武、射箭的人，大家會互相開開玩笑，做些有趣的事。不過，如果你惹上麻煩的話，可就一點兒也不好玩了。犯罪的人會被綁在樹上、或戴上枷鎖，對他們來說，星期六早上可不是什麼好玩的日子。

171185 天以前

阿茲特克帝國的末日

阿茲特克人住在陽光明媚的墨西哥，生活很富裕。他們身體強壯，喜歡從一根杆子盪到另一根杆子，假想自己是老鷹。他們還喜歡拿活人當作祭品，所以你最好同意他們所說的每一句話！當時的西班牙也很富強。不過，當阿茲提克人和西班牙人相遇時，他們在很多事情上會有不同的意見。

日本武士時代的戰亂

400 年前

紅色比藍色好嗎？你說你寫櫻花的詩比我的好？我們要不要再來一杯茶呢？為了這些「困難」的問題，日本人激烈的爭吵了好幾百年。在所有的戰士中，最勇敢的就是武士，他們的背上插著旗子，好讓他們的媽媽找得到他們。另外，沒有插旗、拿著長槍的是步兵，他們跟武士一樣不能接受別人開玩笑，尤其是關於沒有君主旗幟的笑話。

250 年前

做個海盜！

（嚇到你了吧！）

當海盜真是太有趣了！如果你有裝義肢、瞎了一隻眼睛、戴著大頭巾、有一頂內側繡有你名字的海盜帽、握有藏寶圖，以及鏽蝕的短劍，就可以為你添加傳奇的光彩。以前曾經存在過許多海盜，不過最後都消失了，因為他們大部分都是男人。看來，海盜全部都是男人，也不是個好主意！

100 多年以前

法國巴黎的狂歡舞會

法國歷史上發生過一些非常糟糕的事，比如法國大革命時，有許多人被推上斷頭台砍掉了頭；不過，法國歷史上也有許多好事，比如發明了美味的乳酪。1870 年，法國人為了慶祝法蘭西第三共和國的成立，在巴黎舉辦一場很棒的舞會。所有的俊男美女們都來了，他們隨著音樂跳了一整晚的舞。

100 年前

美國西部的淘金熱

十九世紀末時，有很多的美國人都瘋狂的尋找金礦，希望能挖到黃金。但是大部分的人就連金礦的影子都沒找到！不過，因為他們都因此增加了許多運動量，呼吸了許多新鮮空氣，所以也變得很健康。反正健康比黃金珍貴多了……，嗯……應該更珍貴，對吧？

50000

威利在未來的
世界裡迷路了！
趕快把他找出來！
他帶在身上的書也全
都掉在過去了！
來幫忙救救這些書吧！
他在每個年代都各掉了一本書。
請回到第一站，重新找找看！
不過，威利在哪裡呢？
威利到底藏在哪裡呢？

「威利在哪裡？穿越時空之旅」尋找任務

還有上百個東西，等你找出來喔！

石器時代

- 4 個盪樹藤盪出意外的原始人
- 被斧頭砸到的人
- 大發明——輪子
- 石器時代的馬術表演
- 4 隻野豬在追 1 個原始人
- 6 個原始人在追 1 隻野豬
- 浪漫的男原始人和女原始人們
- 噴水的長毛象
- 7 條魚
- 一群正在想辦法捕熊的人
- 河裡的長毛象
- 水果攤
- 橫衝直撞的毛絨絨犀牛
- 一大群遮遮掩掩的人
- 用鼻子拔樹的長毛象
- 棒球比賽中被擊倒在地的那些人
- 石窟壁畫展
- 被五花大綁的野豬
- 趾高氣昂的狗
- 一群小孩正在上認識恐龍的課
- 邋遢的一家人
- 幾個拿著危險長矛的漁夫

古羅馬的娛樂和競賽

- 把戰車弄丟的戰車駕駛
- 2 個競技場清潔工
- 不公平的長矛比賽
- 快被偷襲的優勝者
- 很懂餐桌禮儀的獅子
- 裝著長刀的輪子
- 在逗 2 隻小獅子的人
- 4 面和主人相配的盾牌
- 獅子金字塔
- 獅子們作出拇指向下的手勢
- 1 隻豹追趕著穿豹皮的人
- 騎在別人背上打人的人
- 糟糕的樂師
- 被三頭叉刺到屁股的倒楣鬼
- 駕車的馬
- 戀愛中的豹
- 一直在算數的羅馬人
- 掉了鞋子的格鬥者

城堡大混戰

- 6 個穿紅鞋的抵禦者
- 發射台上的男人
- 1 座人橋
- 1 把搆不到的鑰匙
- 瓶中信
- 一大鍋滾燙的油
- 被綁在破城槌上的人
- 1 個被劍尖擊中的士兵
- 潑了一大鍋洗衣服的水的人
- 抓住 1 個士兵手臂的 2 隻手
- 擺錯方向的投石器
- 一大堆灑射下來的長矛
- 1 個躲起來呼呼大睡的士兵
- 1 個過短的梯子
- 被壓扁的士兵們
- 有表情的石頭
- 一群制服顏色錯誤的十字軍
- 被用羽毛搔癢的十字軍

古埃及金字塔之謎

- 1 個在選擇石棺的法老王
- 上下顛倒的石棺
- 5 位扮成神的模特兒
- 1 個在壁畫上油漆的小男孩
- 1 個穿戴紅色披風的人
- 1 個失去戰車的競技騎士
- 一群在壁畫裡搬運壁畫的人
- 違反地心引力的石頭
- 6 個試圖推動大石塊的工人
- 2 個正在攪拌油漆的助手
- 從樹上掉下來的棗子
- 口渴的人面獅身像
- 急衝而下的大石塊
- 9 面盾牌
- 1 個在吹號角的人
- 從壁畫裡射出的箭
- 3 個運水工人
- 2 個做日光浴的人有危險了
- 擠羊奶擠得一團糟的人
- 1 個很開心的被人撫摸的寵物
- 沙堆成的小金字塔

和維京人出海冒險

- 幾個在沙灘上像小孩子一樣玩耍的維京人
- 2 座正在談戀愛的船頭像
- 被當作棍棒的人
- 哭泣的綿羊
- 2 個躲在矮樹叢後面的傻瓜
- 快樂的船頭像
- 被踩到鬍子的維京人
- 被當作頭盔裝飾的老鷹
- 割破船帆的水手
- 全副武裝的維京人
- 一對穿補丁裝的情侶
- 3 根被劍砍斷的矛
- 屁股著火的人
- 1 艘彎曲的船
- 3 座受到驚嚇的船頭像
- 打結的牛角帽
- 結了蜘蛛網的牛角帽
- 煙形成的牛角帽
- 鬥牛

很久很久以前，一個星期六的早上

- 一大盆髒水
- 老是射不中靶的弓箭手們
- 倒著騎馬的長矛騎兵
- 狗想抓貓，貓想抓小鳥
- 偷成一排的扒手隊伍
- 技術不佳的騎士
- 逗熊跳舞的人
- 逗人跳舞的熊
- 打結的帽子
- 偷蔬菜水果的小偷
- 1 個騎士親吻淑女的手
- 耍瓶子特技的小丑
- 從屋頂上倒下的酒被人喝個正著
- 背了超重東西的動物
- 大鐮刀砍斷 2 頂帽子
- 生氣的魚
- 搔癢的酷刑
- 演奏很難聽的四人樂隊

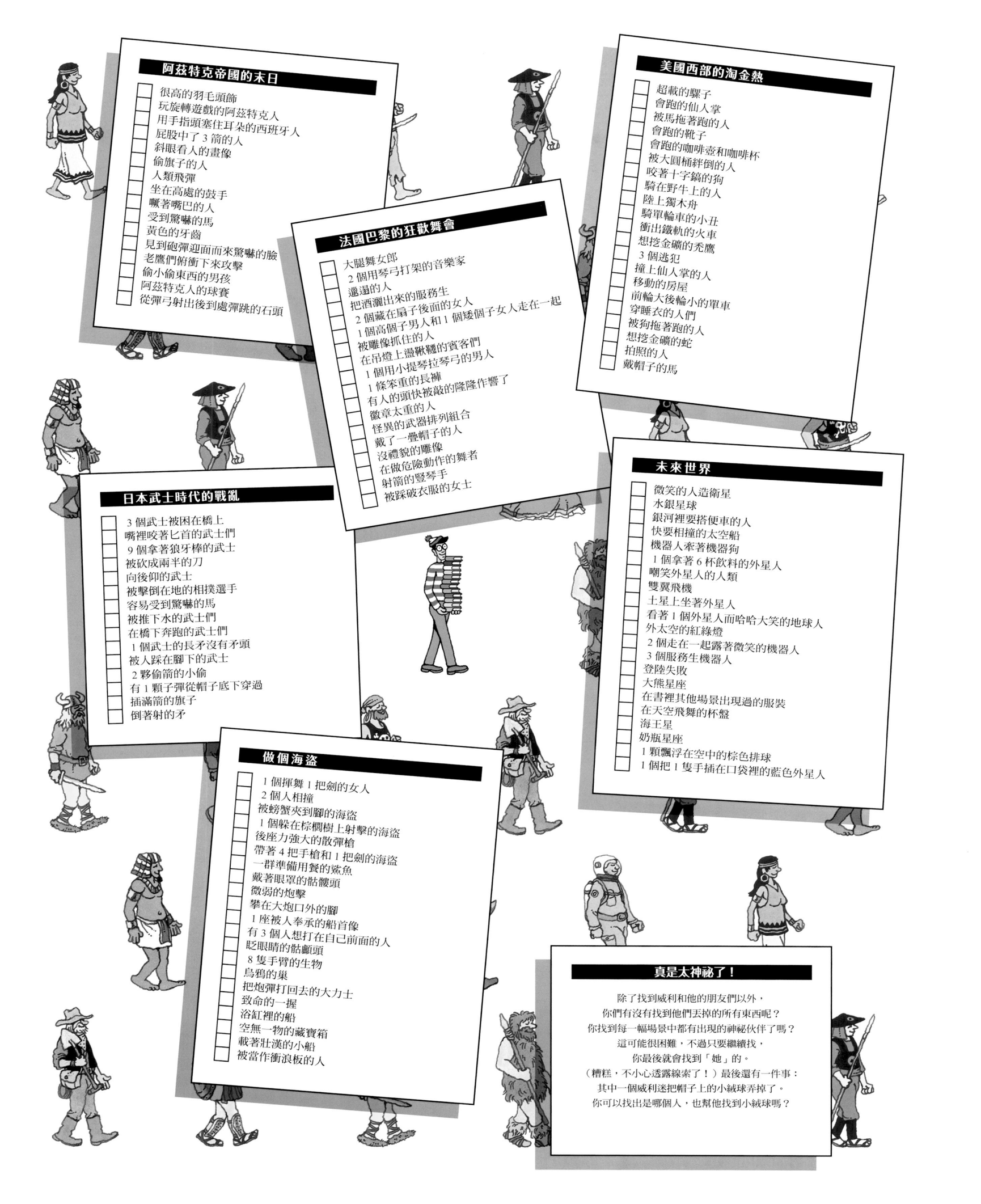

阿茲特克帝國的末日

- [ ] 很高的羽毛頭飾
- [ ] 玩旋轉遊戲的阿茲特克人
- [ ] 用手指頭塞住耳朵的西班牙人
- [ ] 屁股中了 3 箭的人
- [ ] 斜眼看人的畫像
- [ ] 偷旗子的人
- [ ] 人類飛彈
- [ ] 坐在高處的鼓手
- [ ] 噘著嘴巴的人
- [ ] 受到驚嚇的馬
- [ ] 黃色的牙齒
- [ ] 見到砲彈迎面而來驚嚇的臉
- [ ] 老鷹們俯衝下來攻擊
- [ ] 偷小偷東西的男孩
- [ ] 阿茲特克人的球賽
- [ ] 從彈弓射出後到處彈跳的石頭

法國巴黎的狂歡舞會

- [ ] 大腿舞女郎
- [ ] 2 個用琴弓打架的音樂家
- [ ] 邋遢的人
- [ ] 把酒灑出來的服務生
- [ ] 2 個藏在扇子後面的女人
- [ ] 1 個高個子男人和 1 個矮個子女人走在一起
- [ ] 被雕像抓住的人
- [ ] 在吊燈上盪鞦韆的賓客們
- [ ] 1 個用小提琴拉琴弓的男人
- [ ] 1 條笨重的長褲
- [ ] 有人的頭快被敲的隆隆作響了
- [ ] 徽章太重的人
- [ ] 怪異的武器排列組合
- [ ] 戴了一疊帽子的人
- [ ] 沒禮貌的雕像
- [ ] 在做危險動作的舞者
- [ ] 射箭的豎琴手
- [ ] 被踩破衣服的女士

美國西部的淘金熱

- [ ] 超載的騾子
- [ ] 會跑的仙人掌
- [ ] 被馬拖著跑的人
- [ ] 會跑的靴子
- [ ] 會跑的咖啡壺和咖啡杯
- [ ] 被大圓桶絆倒的人
- [ ] 咬著十字鎬的狗
- [ ] 騎在野牛上的人
- [ ] 陸上獨木舟
- [ ] 騎單輪車的小丑
- [ ] 衝出鐵軌的火車
- [ ] 想挖金礦的禿鷹
- [ ] 3 個逃犯
- [ ] 撞上仙人掌的人
- [ ] 移動的房屋
- [ ] 前輪大後輪小的單車
- [ ] 穿睡衣的人們
- [ ] 被狗拖著跑的人
- [ ] 想挖金礦的蛇
- [ ] 拍照的人
- [ ] 戴帽子的馬

日本武士時代的戰亂

- [ ] 3 個武士被困在橋上
- [ ] 嘴裡咬著匕首的武士們
- [ ] 9 個拿著狼牙棒的武士
- [ ] 被砍成兩半的刀
- [ ] 向後仰的武士
- [ ] 被擊倒在地的相撲選手
- [ ] 容易受到驚嚇的馬
- [ ] 被推下水的武士們
- [ ] 在橋下奔跑的武士們
- [ ] 1 個武士的長矛沒有矛頭
- [ ] 被人踩在腳下的武士
- [ ] 2 夥偷箭的小偷
- [ ] 有 1 顆子彈從帽子底下穿過
- [ ] 插滿箭的旗子
- [ ] 倒著射的矛

未來世界

- [ ] 微笑的人造衛星
- [ ] 水銀星球
- [ ] 銀河裡要搭便車的人
- [ ] 快要相撞的太空船
- [ ] 機器人牽著機器狗
- [ ] 1 個拿著 6 杯飲料的外星人
- [ ] 嘲笑外星人的人類
- [ ] 雙翼飛機
- [ ] 土星上坐著外星人
- [ ] 看著 1 個外星人而哈哈大笑的地球人
- [ ] 外太空的紅綠燈
- [ ] 2 個走在一起露著微笑的機器人
- [ ] 3 個服務生機器人
- [ ] 登陸失敗
- [ ] 大熊星座
- [ ] 在書裡其他場景出現過的服裝
- [ ] 在天空飛舞的杯盤
- [ ] 海王星
- [ ] 奶瓶星座
- [ ] 1 顆飄浮在空中的棕色排球
- [ ] 1 個把 1 隻手插在口袋裡的藍色外星人

做個海盜

- [ ] 1 個揮舞 1 把劍的女人
- [ ] 2 個人相撞
- [ ] 被螃蟹夾到腳的海盜
- [ ] 1 個躲在棕櫚樹上射擊的海盜
- [ ] 後座力強大的散彈槍
- [ ] 帶著 4 把手槍和 1 把劍的海盜
- [ ] 一群準備用餐的鯊魚
- [ ] 戴著眼罩的骷髏頭
- [ ] 微弱的炮擊
- [ ] 攀在大炮口外的腳
- [ ] 1 座被人奉承的船首像
- [ ] 有 3 個人想打在自己前面的人
- [ ] 眨眼睛的骷髏頭
- [ ] 8 隻手臂的生物
- [ ] 烏鴉的巢
- [ ] 把炮彈打回去的大力士
- [ ] 致命的一握
- [ ] 浴缸裡的船
- [ ] 空無一物的藏寶箱
- [ ] 載著壯漢的小船
- [ ] 被當作衝浪板的人

真是太神祕了！

除了找到威利和他的朋友們以外，
你們有沒有找到他們丟掉的所有東西呢？
你找到每一幅場景中都有出現的神祕伙伴了嗎？
這可能很困難，不過只要繼續找，
你最後就會找到「她」的。
（糟糕，不小心透露線索了！）最後還有一件事：
其中一個威利迷把帽子上的小絨球弄掉了。
你可以找出是哪個人，也幫他找到小絨球嗎？